CONDITIONS DE LA VENTE

La vente sera faite *expressément* au comptant.

Les acquéreurs payeront en sus des adjudications *cinq pour cent*.

Paris. — Imp. de l'Art, E. MOREAU ET Cⁱᵉ, 41, rue de la Victoire.

VENTE DU SAMEDI 17 FÉVRIER 1894

HÔTEL DROUOT, SALLE N° 8

à deux heures et demie

———

TABLEAUX

AQUARELLES ET DESSINS

MODERNES

PAR

Bonvin, Bouguereau, J. L. Brown, Daubigny, Daumier,
Decamps, Diaz, E. Delacroix, Fromentin
Fichel, Gavarni, Giacomelli, Harpignies, Hervier, Isabey
Jongkind, Melin, Millet, G. Noel, E. Swebach
Troyon, Washington, etc.

EAUX-FORTES DE KRATKÉ ET DE M. LALANNE

———

EXPOSITION PUBLIQUE

LE VENDREDI 16 FÉVRIER 1894

DE 1 HEURE 1/2 A 5 HEURES 1/2

———

COMMISSAIRE-PRISEUR	EXPERT
Mᵉ PAUL CHEVALLIER	**M. B. LASQUIN**
10, rue de la Grange-Batelière, 10	12, rue Laffitte, 12

DÉSIGNATION

TABLEAUX

BORIONE

1 — *Nymphe dans un paysage.*

(*Vente Chailloux.*)

DAUBIGNY (Ch.)

2 — *Paysage ; soleil couchant.*

Importante esquisse avec cachet de la *vente Daubigny*.

DAUBIGNY (Ch.)

3 — *Paysage.*

Au centre quelques maisons de paysan au bord d'une rivière qui serpente entre des coteaux verdoyants.

Bois. Haut., 7 cent.; larg., 28 cent.

(*Vente du 31 janvier 1887.*)

DAUBIGNY (Ch.)

4 — *Le Repas des vendangeurs.*

Signé à gauche.

DAUBIGNY (Ch.)

5 — *Chemin sur un côteau.*

Signé à gauche.

DIAZ (N.)

6 — *Jeunes orientales.*

Jolie esquisse peinte.

(*Vente Diaz.*)

FEYEN-PERRIN

7 — *Les Baigneuses.*

Esquisse peinte.

FICHEL

8 — *Les Amateurs d'estampes.*

FORTUNY

9 — *Arabe et un âne dans une cour.*

Cachet de la *vente Fortuny.*

GERVEX

210 — 10 — *Jeune Femme à sa toilette.*

MICHEL (?)

90 — 11 — *Le Moulin.*

MICHEL (?)

92 — 12 — *Paysage avec rivière.*

MOUCHOT

100 — 13 — *Paysage d'Algérie.*

RAFFET (?)

20 — 14 — *Officiers russes.*

HOGUET (Charles)

100 — 15 — *Nature morte.*

TASSAERT

490 — 16 — *Après le bal.*

TROYON

17 — *Allée sous bois.*

Cachet de la vente, après décès de l'artiste.

WASHINGTON

18 — *Porte-étendard et Cavaliers arabes à la porte d'une ville.*

AQUARELLES ET DESSINS

19 — **Bellangé (Hippolyte).** Napoléon Ier à cheval. Dessin au crayon.

20 — **Bonvin.** Le Jeune Violoniste. Dessin.

21 — **Bonvin (F.).** Tête d'enfant. Dessin.

22 — **Bonvin (F.).** Intérieur hollandais. Aquarelle.

23 — **Bourgoin.** Le Pont de pierre. Aquarelle.

24 — **Bouguereau.** Marchande de grenades. Dessin au crayon.

25 — **Brown (G. L.)**, Chasseurs Louis XV. Pastel.

26 — **Calame**. Le Torrent. Aquarelle.

27 — **Daubigny**. Étude de paysage. Sanguine.

28 — **Daumier**. Deux Avocats. Croquis à la plume.

29 — **Daumier**. L'Instruction. Dessin, aquarelle.

30 — **Daumier**. Le Forgeron. Dessin à l'encre de Chine.

31 — **Daumier**. (?). Femme portant un bébé. Plume et lavis.

32 — **Decamps**. La Sultane favorite. Aquarelle.

33 — **Decamps**. Paysans attablés. Croquis au crayon. (Vente Decamps.)

34 — **Decamps**. Le Bûcheron. Aquarelle.

35 — **Decamps (?)**. Paysage d'Orient. Dessin.

36 — **Decamps (?)**. Le Grand Papa. Aquarelle.

37 — **Delacroix (Eug.)**. Études de figures du xvᵉ siècle. Aquarelle. (Cachet de la vente.)

38 — **Dreux (Alfred de)** (1849). Deux Jockeys. Aquarelle.

27 — 39 — **Dreux (Alfred de)**. Cavaliers à la promenade. Aquarelle.

24 — 40 — **Dreux (Alfred de)**. Groom et deux chevaux. Dessin au crayon rehaussé de blanc.

16 — 41 — **Fleury (Robert)**. Le Vœu. Aquarelle.

2 — 42 — **Fromentin (E.)**. Étude de lièvres. Aquarelle, avec cachet de la vente.

27 — 43 — **Galbrund**. (1874) La Soubrette. Dessin rehaussé de pastel.

23 — 44 — **Galetti**. Bords de rivière. Aquarelle.

40 — 45 — **Gavarni**. Dame et Seigneur du XVIᵉ siècle. Aquarelle.

54 — 46 — **Gavarni**. Le Chapeau à soupape. Aquarelle.

30 — 47 — **Gavarni**. Jeune Femme au bord de la source. Aquarelle.

92 — 48 — **Gavarni**. Le Savant. Aquarelle.

21 — 49 — **Gérome**. Toréador. Dessin au crayon.

157 — 50 — **Giacomelli**. Deux pinsons. Aquarelle.

27 — 51 — **Gudin (Th.)**. *Navire en pleine mer*. Aquarelle.

42 — 52 — **Harpignies**. *Maisons en ruine*. Aquarelle.

— —

53 — **Harpignies.** *Paysage, soleil couchant.*
Aquarelle.

54 — **Herson.** *Le Marché.* Aquarelle.

55 — **Hervier.** *Intérieur de l'église St-Etienne.*
Aquarelle.

56 — **Hervier.** *Intérieur villageois.* Aquarelle.

57 — **Hoguet (Ch.)** *Barque sur la plage.* Aquarelle.

58 — **Isabey.** *Réception au château.* Aquarelle.

59 — **Isabey.** *La Bénédiction.* Aquarelle. Cachet
de la vente.

60 — **Isabey.** *Chapelle de Pierrefonds.* Dessin à
la sanguine. Vente de l'artiste.

61 — **Isabey.** *Maisons de pêcheurs.* Croquis au
crayon. Cachet de la vente.

62 — **Isabey.** *Bateau de pêche.* Dessin au crayon
rehaussé de blanc. Cachet de la vente.

63 — **Isabey (Eug.). (1821).** *Portrait d'homme.*
Aquarelle.

64 — **Isabey (E.). (1845).** *Le Môle.* Aquarelle.

65 — **Jacque (Ch.).** *Bergère et moutons.* Croquis
au crayon.

66 — **Jazet.** *Hussard rouge vu de dos.* Aquarelle avec croquis au crayon au revers.

67 — **Jongkind. (1864).** *Overvchie Hollande. Constructions de bateau.* Belle Aquarelle.

68 — **Jongkind** *L'Entrée des carrières.* Aquarelle.

69 — **Jongkind** *Paysage, village au pied d'une montagne.* Aqurelle.

70 — **Jongkind** *Maison près d'une mare.* Aquarelle.

71 — **Jongkind** *La Plage.* Dessin à la sépia.

72 — **Jundt (G.).** *Jeune fille portant des fleurs.* Aquarelle avec dédicace.

73 — **Lebas (H.).** *Lisière d'un bois.* Aquarelle.

74 — **Lebas (H.).** *La petite ferme.* Aquarelle.

75 — **Leys.** *Homme d'armes.* Dessin.

76 — **Melin.** *Deux chiens couplés.* Aquarelle avec cachet de la vente.

77 — **Millet (J. F.).** *Le Repos du moissonneur.* Dessin provenant de la vente Édouard Frère.

78 — **Monet (Claude).** *Village au bord de la mer.* Pastel.

80.79 — **Noel (Jules)**. *Entrée d'un port*. Aquarelle.

80 — **Ouvrié (Justin)**. *Vallée en Suisse*. Aquarelle.

81 — **Ouvrié (Justin)**. *Paysage de Suisse*. Aquarelle.

82 — **Ouvrié (Justin)**. *Bords du Rhin*. Aquarelle.

83 — **Palizzi**. *La Descente de la montagne*. Aquarelle.

84 — **Palizzi**. *Chasse au cerf*. Aquarelle.

85 — **Pasini**. *Marché en Orient*. Aquarelle.

86 — **Pasini** (1868). *Arabes marchands de fruits*. Aquarelle.

87 — **Péredès**. *Soldats Louis XIII sous bois*. Aquarelle.

88 — **Raffet**. *Volontaire de la République*. Plume et sépia.

89 — **Rossi**. *Sur la terrasse*. Aquarelle.

90 — **Roybet**. *Personnage du XIVᵉ siècle*. Dessin à la plume.

91 — **Saunier (Oct.)**. *Laveuse dans un cour d'eau*. Aquarelle.

92 — **Swebach (Edouard)**. *Les Courses.* Aquarelle.

93 — **Swebach (Edouard)**. *Steeple-chasse : Le saut du mur.* Aquarelle.

94 — **Troyon**. *Vaches au paturage.* Beau dessin.

95 — **Troyon (?)**. *La Bucheronne.* Pastel.

96 — **Verbœckhoven (E.)**. *Lion couché.* Dessin.

97 — **Wattier (E.)** *L'Indiscret.* Aquarelle.

98 — **A. D.** (d'après **Savini**). *Conversation galante.* Aquarelle.

EAUX-FORTES

99 — **Kratké (1886)** (d'après **Ch. Jacque**). *Les Bergers.* Eau-forte avant la lettre avec signature.

100 — **Kratké** (d'après **Millet**). *La baratteuse.* Eau-forte avec remarque et signature de l'artiste.

101 — **Lalanne (Maxime)** d'après **Corot.** *Les Bou-
leaux.* Belle eau-forte avant la lettre, sur
papier de Chine.

102 — **Lalanne (Maxime).** *Vue de la Seine au
pont Solférino, Paris.* Eau-forte.

103 — **Lalanne** **(Maxime)** (d'après **Daubigny**).
Soleil couchant. Eau-forte avant la lettre, sur
papier de Chine.